Katie Woo

* y su vecindario *

Sorpresas por correo

escrito por Fran Manushkin

ilustrado por Laura Zarrin

PICTURE WINDOW BOOKS
a capstone imprint

La serie Katie Woo's Neighborhood es una publicación de Picture Window Books,
una marca de Capstone
1710 Roe Crest Drive
North Mankato, Minnesota 56003
www.capstonepub.com

Los datos de CIP (Catalogación previa a la publicación, CIP)
de la Biblioteca del Congreso se encuentran disponibles
en el sitio web de la Biblioteca.

ISBN: 978-1-5158-8376-0 (encuadernación para biblioteca)
IBSN: 978-1-5158-8377-7 (pasta blanda)
ISBN: 978-1-5158-9198-7 (libro electrónico)

Resumen: Katie va a la oficina de correos para enviar un regalo
de cumpleaños a su abuelo y allí aprende cómo funciona el correo.

Diseñadora gráfica: Bobbie Nuytten

Traducción al español de Aparicio Publishing, LLC

Contenido

Vecindario de Katie

Policía

Biblioteca

Mecánico

Ayuntamiento

Tienda de comestibles

Oficina de correos

Un regalo para el abuelo

Katie tejió una bufanda

para su abuelo por su

cumpleaños. Le tomó

mucho tiempo hacerla.

—Deberíamos enviarla por correo hoy —dijo la mamá de Katie—. El cumpleaños del abuelo se acerca.

—¡Vamos! —dijo Katie.

Katie y su mamá caminaron
a la oficina de correos.

—¡Hola, Katie! —la saludó
Pedro—. Mira las calcomanías
de fútbol que acabo de recibir
por correo.

—¡Se ven geniales!

—dijo Katie—. Quizá yo

también pida algunas.

Pero ahora tengo que enviar

el regalo de mi abuelo

por correo.

En la siguiente cuadra,

Katie vio a Sharon, la cartera.

Sharon le estaba diciendo

a Jojo:

—Tengo una carta para ti.

—¡Mire! —dijo JoJo—.

Le escribí una carta a una

astronauta, y me envió una foto.

—¡Qué bien! —dijo Sharon—.

¡Me encanta repartir sorpresas

por correo!

Capítulo 2

La oficina de correos

Katie y su mamá llegaron

a la oficina de correos. Vieron

camiones que traían correo

y camiones que llevaban

correo a otros sitios.

—Hola, señorita Roxie —le dijo Katie a la empleada de correos—. Quiero enviar este regalo de cumpleaños. Espero que llegue a tiempo.

La señorita Roxie sonrió:

—¡Claro que sí!

Repartimos el correo llueva,

truene o relampaguee.

En ese momento, Haley

O'Hara y sus cinco hermanos

y hermanas entraron

a la oficina de correos.

—Vamos a enviar cartas a nuestros amigos por correspondencia —dijo Haley—. Viven en otras ciudades.

—¿Cómo saben adónde
enviar las cartas? —le preguntó
Katie a la señorita Roxie.

—Por el código postal —
dijo la señorita Roxie—.
Eso nos ayuda a clasificar
las cartas para que lleguen
al lugar correcto.

Larry Gómez
20 First St.
San José, CA 95125

—¿Siempre llevan el correo en camiones? —preguntó Haley—. Cuando sea grande, quiero ser conductora de camiones.

—No —contestó la señorita

Roxie—. El correo también

se envía por avión y a veces

por barco.

Capítulo 3

De regreso a casa

Katie saludó a un camión de correos mientras ella y su mamá salían de la oficina de correos.

—Espero que cuiden muy bien el regalo del abuelo —dijo Katie.

De camino a casa,

la mamá de Katie le preguntó:

—¿Alguna vez has oído

hablar del Pony Express?

—No —dijo Katie.

—Hace mucho tiempo,

el correo se llevaba a caballo

—explicó su mamá.

—¡Guau! —dijo Katie—.

Me encantaría ser la jinete

y repartir regalos de

cumpleaños.

Cuando Katie llegó
a casa, llamó a su abuelo.

—Hoy te envié por correo
un regalo de cumpleaños.
Espero que te guste —dijo.

El regalo de Katie llegó

a tiempo.

¿Le gustó el regalo

a su abuelo?

¡Claro que sí!

Glosario

astronauta — persona que viaja al espacio

cartero/a — persona que recoge el correo en los buzones y lo reparte a las casas o las oficinas

empleado/a de correos — persona que trabaja en una oficina de correos, por ejemplo, vendiendo estampillas o clasificando el correo

oficina de correos — lugar donde la gente compra estampillas y envía cartas y paquetes

Pony Express — servicio postal en que un grupo de jinetes llevaba el correo a caballo de Missouri a California. El servicio del Pony Express comenzó en abril de 1860 y terminó en octubre de 1861.

repartir — entregar algo a alguien

Katie te pregunta

1. ¿Qué destrezas debe tener un cartero? ¿Te gustaría ser cartero o cartera? ¿Por qué?

2. Compara el trabajo de Sharon, la cartera, con el de Roxie, la empleada de correos. ¿En qué se parecen? ¿En qué se diferencian?

3. Piensa en la oficina de correos de tu ciudad, o mejor todavía, visítala. Después haz una lista con al menos cinco palabras o frases para describirla.

4. Si pudieras escribir una carta a cualquier persona, ¿a quién escribirías? Escribe esa carta y, si puedes, envíala.

5. Si tuvieras que diseñar una estampilla de correos, ¿cómo sería? ¡Dibuja tu idea!

Katie entrevista a Sharon, la cartera

Katie: ¡Hola, Sharon! Gracias por hablar conmigo sobre tu trabajo de cartera.
Sharon: Con gusto, Katie.
¡Me encanta repartir el correo!

Katie: ¿Qué es lo que más te gusta de tu trabajo?
Sharon: Me gusta estar al aire libre. Cuando hago mi ruta, a veces veo a niños jugando afuera, y siempre me saludan. En mi ruta me hice amiga de algunos perros. ¡Me encanta darles galletitas!

Katie: ¿Hay que tomar clases especiales para ser cartero?
Sharon: Tienes que haberte graduado de la preparatoria. Después, hay que pasar un examen especial de la oficina de correos. Y antes de que te den tu propia ruta, tienes que hacer prácticas con un cartero con experiencia.

Katie: ¿Pesa mucho la bolsa del correo?

Sharon: En la bolsa llevo hasta 35 libras de correo, lo que parece mucho, pero me ayuda a estar fuerte. Algunos carteros reparten paquetes más pesados y los llevan en una carretilla especial. ¡Eso puede ser complicado en invierno!

Katie: Es cierto, tienen que repartir el correo aunque haga mal tiempo. ¿Qué tipo de tiempo hace más difícil tu trabajo?

Sharon: En invierno puede hacer mucho frío, pero me pongo muchas capas de ropa y botas resistentes. ¡Me gusta más mi uniforme de verano! En verano, puedo usar pantalón corto y una gorra.

Acerca de la autora

Fran Manushkin es la autora de Katie Woo, la serie favorita de los primeros lectores, y también es la autora de la conocida serie de Pedro. Ha escrito otros libros como *Happy in Our Skin, Baby, Come Out!* y los exitosos libros de cartón *Big Girl Panties* y *Big Boy Underpants*. Katie Woo existe en la vida real: es la sobrina-nieta de Fran, pero no se mete en tantos problemas como Katie en los libros. Fran vive en la ciudad de Nueva York, a tres cuadras de Central Park, el parque donde se le puede ver con frecuencia observando los pájaros y soñando despierta. Escribe en la mesa de su comedor, sin la ayuda de sus dos traviesos gatos, Chaim y Goldy.

Acerca de la ilustradora

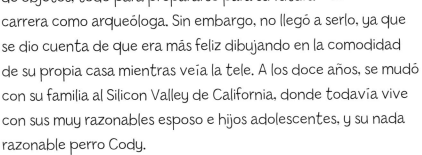

Laura Zarrin pasó su primera infancia en el área de St. Louis, en Missouri. Ahí exploraba los riachuelos, bosques y armarios de los áticos, trepaba árboles y cavaba en el jardín en busca de objetos, todo para prepararse para su futura carrera como arqueóloga. Sin embargo, no llegó a serlo, ya que se dio cuenta de que era más feliz dibujando en la comodidad de su propia casa mientras veía la tele. A los doce años, se mudó con su familia al Silicon Valley de California, donde todavía vive con sus muy razonables esposo e hijos adolescentes, y su nada razonable perro Cody.